AF498382

NOTICE BIBLIOGRAPHIQUE

sur

UN RECUEIL DE SONNETS ITALIENS

DE PIERRE ARÉTIN,

PAR

L.-J. HUBAUD,

MEMBRE DES ACADÉMIES DE MARSEILLE, DE DIJON,
D'ARCHÉOLOGIE DE BRUXELLES, ETC.

MARSEILLE.
TYP. ET LITH. BARLATIER-FEISSAT ET DEMONCHY,
Place Royale, 7 A

1857.

NOTICE BIBLIOGRAPHIQUE

SUR

UN RECUEIL DE SONNETS ITALIENS

DE PIERRE ARÉTIN.

Si l'erreur est toujours utile à signaler, elle le devient bien davantage lorsqu'elle provient d'un écrivain distingué par les charmes de son esprit et ses connaissances littéraires. D'après cette considération, je crois devoir présenter quelques observations sur un article de feu Nodier, qui, à mon avis, pèche par le manque d'exactitude. On lit dans le catalogue de ses livres (1) sous le n° 670.

« Aretino (Pietro), sonetti lussuriosi. *in Vinegia,* 1556, *pet. in*
« 16, mar. rouge fil. à froid.—Vendu 41 fr. suivi de cette note :
« Je prie le lecteur d'être bien persuadé que ce n'est pas ici
« la fameuse édition originale des *Sonetti* dont Ménage désirait
« si vivement de rencontrer un exemplaire, édition que l'on a

____

(1) Description raisonnée d'une jolie Collection de livres, par Charles Nodier. *Paris, Téchener.* 1844, *in* 8°.

« souvent citée, que l'on a décrite, que l'on a *taxée*, et qui
« n'existe peut-être pas. C'est une simple réimpression, d'ail-
« leurs totalement inconnue, qui paraît avoir été exécutée en
« Suisse dans le courant du siècle dernier et qui diffère beau-
« coup de celle de Grangé (1)..., soit dans une partie de son
« contenu, soit dans la disposition des pièces. Elle se compose
« de 22 feuillets dont le premier contient le titre, et chacun
« des autres un sonnet imprimé au *recto*, le vingt-unième seul
« excepté qui ne contient qu'un huitain. Le *verso* reste blanc et
« propre à recevoir un dessin ou une gravure. Cette description
« est tout à fait semblable à celle que certains bibliographes
« nous ont donnée de l'original, et même à celle de l'exemplaire
« peut-être imaginaire, de de Boze, rapportée, à ce qu'on assu-
« re, dans un *Supplément*, fort rare de son second catalogue,
« sauf que cette indication annonce 23 feuillets au lieu de 22,
« mais en comptant un frontispice gravé que mon édition ne
« renferme point. Quant aux 21 gravures de Marc-Antoine, il
« n'en est point question dans la notice du catalogue de de
« Boze, et il faudrait conclure de là que de Boze lui-même ne
« possédait pas cette édition originale si célèbre, ou qu'il en
« possédait un exemplaire sur lequel le tirage des gravures
« n'avait pas été exécuté. Cette circonstance rend difficile à
« comprendre son évaluation à la somme de mille francs alors
« exorbitante pour un livre. L'édition originale avec les plan-
« ches, si elle existait réellement, vaudrait aujourd'hui davan-
« tage. »

Debure le jeune (2) rapporte les différentes opinions des auteurs qui ont parlé de ce livre. « Les uns (3), dit-il, prétendent

---

(1) Dubbii amorosi, altri Dubbii, e Sonetti lussuriosi di Pietro
Aretino. *Nella stamperia del Forno, alla Corona di Cazzi (Parigi.
Grangé, intorno 1757). in-16 de 84 pp*.

(2) Bibliographie instructive, n° 3958.

(3) Bayle, *Diction. hist. et critique*, article *Aretin*; Beyer, *Memor.
Libr. rarior., pag. 18 et suiv.*; Vogt, *Catal. Libr. rarior.*, pag. 49;
Mazzuchelli, *Vita di P. Aretino.* pag. 16 et 239; Haym, *Bibliot. Ital.*
pag. 240.

« que ce livret n'est autre chose qu'un recueil de XVI figures
« gravées sur les dessins de Jules Romain, par Marc-Antoine
« de Bologne, au bas de chacune desquelles se trouve un
« sonnet de l'Arétin, le tout exécuté dans un format pet. in 12.
« Les autres (1) soutiennent, au contraire, que ces figures ont
« été exécutées (en plus grand nombre), par les Carraches, sur
« les mêmes dessins de Jules Romain, dans un format beau-
« coup plus grand, sans aucuns sonnets, ni explications quel-
« conques. » Ce même bibliographe croit que ce livre n'existe
plus et que, si de Boze l'avait annoncé sous un numéro parti-
culier dans le catalogue des livres de son cabinet, publié de
son vivant en 1745, de format in fol., c'était uniquement sur
l'espérance qu'il avait de se le procurer un jour. Debure, avant
de se prononcer ainsi, aurait bien fait de s'assurer si cette
indication n'était pas confirmée par les catalogues de cet amateur, dressés par Gabriel Martin, pour la vente. Il aurait lu
dans celui de Paris, 1759, in-8°, *Supplément* sous le N° 1170,
lequel manque dans le courant du catalogue : « *Corona di Cazzi,*
« *cioè Sonetti lussuriosi di P. Aretino. Sans nom de lieu ni*
« *d'imprimeur. (Édition originale et qui n'a jamais paru dans*
« *aucun catalogue). in 16, m. r.* » Certes, la particularité de la
reliure en maroquin rouge dont cet exemplaire était recouvert,
démontre évidemment que Gabriel Martin l'avait sous les yeux
lorsqu'il rédigeait ce catalogue et qu'il l'y inscrivait. Ce *Supplément*, de 14 pages, contenant les *Livres retirés*, et placé à la fin
du volume, est sans doute d'une certaine rareté, puisque ni
M. Brunet, ni feu Nodier, ne l'ont rencontré dans leurs exem-
plaires. Quant à moi, je certifie l'avoir vu deux fois, et puis en
prouver l'existence par l'exemplaire dudit catalogue, conservé
dans la Bibliothèque publique de Marseille. Je possède le second
exemplaire, avec le *Supplément*, dont M. Anselme Mortreuil, qui

----

(1) L. Vasari, *Vit. di Pittori*, vol. pag. 302 ; Félibien, *Hist. des
Peintres vie de Jules Romain;* Joach. de Sandrart; *L'academia Tedesca
della Architettura, Scultura, Pittura*, etc., Nuremberg, 1675-79, 4
tom. en 2 vol. in fol. fig. tom. II, pag. 207, en font monter le nombre à vingt.

en était possesseur, a bien voulu me faire don. M. Beyer, qui
avait vu ce livre de l'Arétin, Vogt, Mazzuchelli, Haym (1) etc.,
s'accordent à dire que ce petit volume ne consiste qu'en 23
feuillets dont le recto est imprimé et le verso est blanc, précédés
d'une estampe libre qui sert de frontispice, les autres estampes
ayant disparu, vraisemblablement par l'effet du zèle scrupuleux
de Jollain.

Voyons ce qui a pu faire naître l'autre opinion. On sait que
les Carraches, à l'exemple de Jules Romain, s'exercèrent sur
des sujets libertins. On a d'Annibal Carrache, 20 postures libres
gravées par Petre de Jode (2). Je ne sais si c'est la même suite
qu'une de 20 gravures à l'eau forte, représentant des postures
érotiques par Augustin Carrache, dans le cartouche du frontispice desquelles on lit l'octave suivante :

> Queste dell'Aretin son le posture,
> Qual per capriccio, o per sua fantasia,
> Ad ogni donna egli voleva pria
> Ch'altro far, vedergli le nature ;
> E con le braccia poi se gli paria
> Ben strette, le prendea nelle cinture ;
> E'l cotal gli metteva nelle potte
> Per stamparvi de cazzi molte flotte.

A. CARRACI , F. Venetia.

M. F. E. Joubert me paraît avoir confondu des objets très-
différents dans l'annonce suivante : « Les *Amours des Dieux*,
« suite de 20 petites pièces en hauteur, par Marc-Antoine
« Raimondi, avec les vers de l'Arétin, à peu près introuva-
« bles.— On assure que la suite a été vendue 80,000 fr. (3). »
C'est le recueil d'A. Carrache, qui contient les Amours des

(1) Voyez, pour les endroits cités, la note 4 de la page précédente.

(2) Cabinet des singularités d'Architecture, Peinture, Sculpture
et Gravure etc., par Florentin le Comte. *Paris, Cusson et Welle.*
1702, 3 *vol.* in-12, tom. II, pag. 183 de la seconde série de chiffres.

(3) Manuel de l'Amateur d'Estampes, par F. E. Joubert père. *Paris*,
1821, 3 vol. in 8°. tom. II, pag. 409

Dieux et des Héros anciens et qui est en 20 pièces ; mais elle
n'offre pas de vers à l'exception de l'octave que j'ai rapportée.
Je me tais sur la réalité du prix exorbitant, 80,000 fr., auquel
M. Joubert prétend qu'elle s'est vendue, à moins que ce ne soit
en assignats. La collection d'attitudes érotiques, gravée par
Marc-Antoine Raimondi de Bologne, ne comprenait que 17
estampes, en comptant celle du frontispice qui a survécu aux
autres. C'est cette dernière suite pour laquelle l'Arétin com-
posa ses sonnets

Maintenant, pour bien établir la vérité de la question, il me
parait à propos de remonter à l'origine du fait qui a donné lieu
à l'écrit de l'Arétin.

Vers 1524 Jules Romain, peintre de l'école de Raphael et le
premier de ses élèves, s'avisa de dessiner seize sujets, ou postures érotiques ; et Marc-Antoine Raimondi, autre artiste célèbre, en les gravant leur donna une publicité qui attira l'attention
de l'autorité. Le pape Clément VII (Jules de Médicis), donna
ordre de sévir contre les auteurs du scandale. On ne put atteindre
Jules Romain, parti de Rome pour peindre une galerie du Duc
de Mantoue. Mais le graveur fut saisi et mis en prison ; et il
n'en eût pas été quitte, peut-être, à si bon marché, si les
démarches de plusieurs personnes de considération, parmi
lesquelles on comptait le Cardinal Hippolyte de Médicis, parent
du pape, qui s'intéressèrent à lui pour son talent, n'avaient
réussi à obtenir sa liberté. Pierre Arétin, qui s'était employé en
faveur du graveur, fut curieux de voir les objets qui avaient
occasionné et motivé les poursuites. Il n'en fallut pas tant pour
échauffer son imagination naturellement portée au libertinage.
Elle lui inspira l'idée de composer autant de sonnets explicatifs
pour mettre au-dessous des gravures *(i Sonetti che ci si veggano
a i piedi)*. Tout cela est attesté par deux lettres de l'Arétin lui-
même, l'une datée de Venise le 9 novembre 1526, adressée au
seigneur César Frégose, par laquelle il lui annonce l'envoi de
il libro de i sonetti e de le figure lussuriose ; l'autre écrite à
Battista Zatti da Brescia, sous la date du 19 décembre 1537, dans
laquelle il lui raconte les particularités dont je viens de parler
relatives à la composition de ces sonnets. Il est à présumer,

d'après cela, que les vignettes de Marc-Antoine étaient en travers et laissaient dans le bas de la page une marge suffisante pour recevoir, après coup, les dix-sept vers du sonnet explicatif, et de plus une ligne pour son numéro, ce qui exigeait environ 2 1/2 pouces. Mettons en autant pour la vignette ; cela supposerait, les marges du haut et du bas comprises, un volume d'au moins 7 pouces de hauteur. Ce ne pourrait être alors l'édition qu'on veut faire passer pour l'originale, de format petit in-12, ou même in-16, laquelle n'a qu'une figure au frontispice. Et même, en admettant que dans l'édition mentionnée par l'Arétin, il n'y eût sous les gravures que les premiers vers des sonnets, dont la continuation se serait lue au verso du feuillet, ce ne serait pas encore l'édition pet. in-12, dont les feuillets, au nombre de 23, sont blancs au verso. La vraie édition originale ne comprenant que 16 sonnets (dits *i Suppositi*), selon Mazzuchelli (1), nombre égal à celui des vignettes, auxquels nous pouvons ajouter un sonnet servant d'introduction, devait être composée de 17 feuillets seulement. J'ai quelque raison de soupçonner que l'édition pet. in-12 que possédait de Boze contient, outre le sonnet servant d'introduction, dix-huit sonnets, tous de 17 vers, sortis de la plume de l'Arétin, et de plus deux autres sonnets, de 14 vers seulement, suivis d'un huitain intitulé *Epilogo*, qui seraient d'une autre main peu amie de l'Arétin, à en juger par la première de ces trois pièces. Dans mon opinion actuelle, formée d'après un nouvel examen des pièces justificatives, cette édition ne serait pas la véritable édition originale laquelle aura totalement disparu à la suite des poursuites rigoureuses dont elle a été l'objet. Que sont devenus les dessins de Jules Romain ? seraient-ils cachés dans le cabinet de quelque prince d'Italie ? (2) Les planches elles-mêmes ont-elles été

(1) Vita di P. Aretino, pag. 16 et 239.

(2) On lit dans la *Biographie Universelle*, Art. JULES ROMAIN, par Périés, note au bas de la page 127, col. 2 du XXIIe volume. « Ces dessins existaient encore au milieu du 18e siècle, car Louis « Crespi, écrivait en 1759, à Bottari, qu'il savait que ces dessins se « trouvaient entre les mains d'un frère Ignorantin à Rome, dont

anéanties ? S'il faut en croire Chevillier (1), Jollain, marchand de la rue St-Jacques, à Paris, ayant su où il y avait de ces planches infâmes qui représentaient les dessins abominables de Jules Romain et ces sonnets impurs de l'Arétin (2), y alla et les acheta cent écus, somme considérable pour le temps, dans le dessein de les détruire entièrement, afin qu'on ne pût en tirer aucune épreuve, ce qu'il exécuta. On prétend, et il fut toujours persuadé que c'étaient les planches originales gravées par Marc-Antoine Raimondi, qu'il avait détruites. Si la chose est exactement vraie, il s'ensuivrait que les sonnets de l'Arétin, auraient été non imprimés, mais gravés sur la même planche au dessous des estampes de Marc-Antoine, et par conséquent nécessairement réunis, à moins de scier les planches. D'après cela, l'édition *sans indication de lieu ni de date, in-16* ou *pet. in-12*, ne serait tout au plus que la seconde ou même la troisième.

Ainsi, contrairement à l'opinion émise par Nodier, dans sa *Description raisonnée* de ses livres, n° 670, de Boze possédait réellement un exemplaire de l'édition réputée l'originale, sans doute

---

« il ignorait le nom et que, comme il était inconvenant qu'ils res-
« tassent déposés en pareilles mains, il le priait de faire en sorte
« de les découvrir et de les lui procurer. » Mais peut-être l'auteur de la note confond-il ici les dessins de Jules Romain avec ceux de Carrache qui étaient au nombre de vingt

(1) Origine de l'imprimerie de Paris, Dissertation historique et critique par André Chevillier. *Paris, Delaulne*, 1694, in-4°, pag. 294.

(2) Brantôme, dans ses *Vies des Dames galantes* (Œuvres. *Amsterdam*, 1740, 16 *vol. pet. in-12, tom. II, pag.* 64), rapporte qu'un imprimeur Vénitien, établi à Paris, qui s'appelait Bernabo (Bernardin Trévisan), parent d'Alde-Manuce de Venise, et qui tenait sa boutique dans la rue St-Jacques, lui avait dit et juré qu'en moins d'un an il avait vendu plus de cinquante paires de livres de l'Arétin, à force gens au prix de l'or. Comme à la page précédente il est fait mention des figures de l'Arétin, nul doute qu'il ne s'agisse ici de l'ouvrage de l'Arétin qui accompagnait les gravures de Marc-Antoine Raimondi (*il libro de i Sonetti e delle figure lussuriose*). Notons bien que Jollain qui acheta les planches, habitait la même rue St-Jacques où Bernardin Trévisan avait sa boutique.

mal à propos, mais qui en tiendrait lieu en quelque sorte. Ce n'est point Ménage, comme il le dit inexactement, mais bien La Monnoye qui désirait, à défaut de cette prétendue édition originale, au moins une copie manuscrite dont il se serait contenté, et à laquelle il a tenté de suppléer par la composition de 15 distiques latins précédés d'un autre distique, pour mettre sous le portrait de l'Arétin, et de dix vers latins pour tenir lieu de préface à ces 15 distiques. Le sens de ces distiques, fort éloigné de celui des sonnets italiens, témoigne qu'il n'a eu aucune connaissance de ces derniers, ne se doutant pas qu'ils avaient été réimprimés et augmentés jusqu'au nombre de xxvi, à la suite des *Dubbii amorosi*. Cette édition, réputée l'originale, ne devait pas offrir les gravures de Marc-Antoine Raimondi, ou si jamais elle les a réunies, elles ont dû être tirées à part sur des feuillets séparés pour être placées en regard du texte imprimé ; mais certainement ce n'était pas là un premier tirage. Quant au prix de mille francs, auquel de Boze avait évalué son volume, qu'il regardait comme unique, s'il paraissait à Nodier exorbitant pour ce temps, il n'avait qu'à faire attention aux prix auxquels étaient portés d'autres livres à cette époque ; le *Morlini* etc., qui se vendit 1121 francs, chez Gaignat, le *Christianismi Restitutio*, par Servet, qui quoique endommagé par la pourriture, fut poussé à 3,000 francs, chez le même amateur, et jusqu'à 4120 francs, chez le Duc de la Vallière.

Résumons-nous. 1° L'édition originale du recueil dont nous nous occupons ne comprenait que le premier tirage des gravures, sans les sonnets de l'Arétin, puisque ce fut la vue de ces gravures qui lui fit composer ces sonnets. 2° La seconde édition originale, comprenant le second tirage des figures accompagnées de la première publication des sonnets de l'Arétin, placés au dessous *(i Sonetti che ci si veggano a i piedi)*, devait former un volume, non in-16 ni même pet. in-12, mais in-8° de la hauteur au moins de 7 pouces. 3° L'édition in-16, dont de Boze s'était procuré un exemplaire et qui, si elle a réuni les gravures, ne les a présentées que tirées à part, serait la troisième.

Dans son origine, l'ouvrage n'a dû porter que le titre *Sonetti*

lussuriosi, et si ensuite on lui a donné celui *Corona di Cazzi,*
c'est sans doute à raison de la gravure libre, servant de frontispice, laquelle représentait une couronne de priapes.

Ce livret a été réimprimé plusieurs fois. Indépendamment de
l'édition inscrite dans le dernier catalogue de Nodier n. 670, et
qui a été l'occasion de la présente Notice, en voici deux autres
à ma connaissance.

Sonetti lussuriosi di P. Aretino, *Venezia,* 1779, *pet. in-*12,
vendu, demi rel. dos de mar. non rogné,... chez M. Barran,
(Catalogue *Paris, Desmentière,* 1841, in-8°, n. 809.)

Corona di Cazzi.— Dubbii Amorosi di Pietro Aretino, in-4°.—
L'indication de cette édition, dont un exemplaire, rel. en v. m.
fut vendu 12 f. 5 s., chez Floncel, n. 7869, n'a point été insérée
dans les répertoires bibliographiques d'Osmont, de Cailleau,
de M. Fournier, ni de M. Brunet. Auraient-ils pensé qu'elle fût
apocryphe? Pour dissiper tous les doutes qui pourraient s'éle-
ver contre son authenticité, je déclare qu'un exemplaire, pro-
bablement celui même de Floncel (je le présume d'après le
prix, 12 f. 5 s., qu'il avait coûté à M. de M..., ainsi qu'il conste
par la note au crayon déposée sur la garde du volume), a passé
du cabinet de cet amateur distingué dans le mien. Ce volume
est composé de 22 feuillets, imprimés des deux côtés, dont 7
pour la *Corona di Cazzi* et 15 pour les *Dubbii Amorosi.* Les
sonnets, sans compter le premier qui ne porte pas de numéro
et sert d'introduction, sont au nombre de XVIII, après lesquels
viennent un *Dialogo,* un *Sonetto ultimo,* l'un et l'autre de 14
vers, et un *Epilogo,* en 8 vers. Ces trois dernières pièces n'ont
pas été imprimées dans l'édition des *Dubbii amorosi, altri Dubbii, e sonetti lussuriosi di P. Aretino.* Nella stamperia del forno
(*Parigi, Grangé,* vers 1757,) in-16, ni dans celle de *Roma*
(*Parigi, Girouard*), 1792, *in-*18, quoique dans celles-ci le
nombre des sonnets ait été porté à XXVI. De plus l'ordre des
sonnets y a été interverti, et ils présentent des leçons très-
différentes, principalement le XVII°, lequel se trouve le XVI° de
cette édition in-4° de la *Corona di Cazzi.* Le sens même de ce
dernier est absolument changé. Voici la concordance, ou l'ordre
respectif, des sonnets dans la *Corona di Cazzi,* et dans les
Sonetti lussuriosi à la suite des *Dubbii amorosi.*

<table>
<tr><td>Corona di Cazzi.</td><td></td><td>Dubbii Amorosi.</td></tr>
</table>

Les sonnets 15 et 18 n'ont pas été reproduits dans les éditions des *Dubbii*.

Les sonnets 3, 6, 8, 12, 13, 14, 15, 21 et 26, sont en augmentation.

Au reste, pour dire ce qui en est, *la Corona di Cazzi* et les *Dubbii amorosi,* in-4°, font partie du volume *Recueil de Pièces choisies rassemblées par les soins du Cosmopolite,* Ancône, 1735, *in-4°,* où ces deux pièces tiennent, la première les pages 49-62, la seconde les pages 85-113. Il fut tiré des deux un exemplaire à part pour **M.** Floncel dont la bibliothèque était composée exclusivement de livres italiens. La pagination de la *Corona di Cazzi* fut changée, partant de 1-14, mais le frontispice y manque, quoiqu'il soit dans le *Recueil etc., du Cosmopolite.* Je ne sais pourquoi les *Dubbii amorosi* ont conservé leur première pagination 83-113. Cette dernière page contient trois *Historiette,* la première de 5 vers, et les deux autres de 6 vers, qui ne se lisent pas dans les éditions sus mentionnées des *Dubbii amo-*

rosi; elles n'appartiennent pas à l'Arétin, mais plutôt à l'éditeur que je soupçonne être G. Antonio Conti.

Peut-être dois-je dire quelques mots au sujet de deux livres qui parurent, l'un vers la fin du siècle dernier, et l'autre au commencement de celui-ci.

L'intitulé du premier est tel: *L'Arétin François, par un membre de l'Académie des Dames.* Londres, 1787.— *Les Epices de Vénus ou Pièces diverses du même Académicien.* Londres, 1787, *in*-18 orné de 19 jolies gravures en taille douce, d'Elvin. — La seconde partie contient, à la page 4, le *Fragment d'une lettre* (prétendue) *adressée à l'auteur* et signée des sigles X... F... L. G... (Lettres initiales de Xanferligote, anagramme de Félix Nogaret.) L'auteur, quel qu'il soit, qui se fait donner effrontément les louanges les plus outrées et certainement les moins méritées, ayant sous les yeux les figures d'Elvin, a voulu trancher du petit Pierre Arétin. En conséquence, il a mis en regard de chaque gravure un huitain de sa composition. Je vais offrir, en échantillon, le plus honnête et, à coup sûr, le moins mauvais.

> Te voilà, mon aimable brune,
> Avec cette ROUE à la main,
> Te voilà, comme la FORTUNE,
> Aussi règles-tu mon destin.

Je laisserais tout l'OR du PACTOLE et du TAGE
Pour un des mille appas que l'AMOUR vient m'offrir,
Mais la FORTUNE, ô ciel ! la FORTUNE est volage,
Ne lui ressemble point, tu me ferais mourir (1).

----

(1) Les mots *Fortune* et *Roue*, enchassés dans ce huitain, me font songer involontairement aux deux vers de P. Corneille, dans sa comédie de *l'Illusion comique,* acte V, scène V, quoique le sens en soit très-éloigné. N'importe, puisque l'occasion semble s'offrir, je la saisirai plus ou moins à propos :

> Ainsi de notre espoir la *Fortune* se joue:
> Tout s'élève ou s'abaisse au branle de sa *Roue.*

M. Parelle, éditeur des *Œuvres de P. Corneille, avec les notes de*

Le huitain xv rend assez le sens du sonnet xv de la *Corona di Cazzi* et du sonnet xvii de l'édition des *Dubbii amorosi etc.* ; et le huitain xvi le sens du sonnet xvi de la *Corona di Cazzi*. Là se bornent tous les rapports entre les deux ouvrages, quoique l'auteur français veuille faire croire que le sien est la traduction de l'Italien.

Les *Epices de Vénus* sont un recueil de petites poésies obscènes, d'un stile froid, lâche, plat et rampant, encore plus mauvaises que celles de la première partie. Pour rencontrer plus bas, il faudrait descendre jusqu'à V. H.

L'autre livre est : *l'Arétin d'Augustin Carrache, ou Recueil de Postures érotiques, d'après les Gravures à l'eau forte par cet artiste célèbre, avec le Texte explicatif des Sujets.* A la nouvelle

tous les Commentateurs (Paris, Didot, 1824, 12 vol. gr. in-8°), qui font partie de la *Collection des Classiques Français* due à M. Lefèvre, n'a connu que les deux imitations, ci-dessous, des deux vers précités, toutes les deux par Boileau :

> Ainsi de la vertu la *Fortune* se joue.
> Tel aujourd'hui triomphe au plus haut de sa *Roue*. *(Satire I, vers 65 et 66)*.

> Qu'à son gré désormais la *Fortune* me joue,
> On me verra dormir au branle de sa *Roue*. (*Epitre V, vers 133 et 134*).

Voici ce que j'ajoute : Le premier vers de Corneille, tout entier, appartient à Rotrou qui, dans la scène II de l'acte I de *Cléagenor et Doristée*, tragi-comédie jouée en 1630, six ans avant *l'Illusion*, avait déjà dit :

> Ami, ta peine est grande, il faut que je l'avoue :
> Ainsi de notre espoir la *Fortune* se joue ;

et dans *Hercule mourant*, tragédie jouée en 1632, quatre ans avant *l'Illusion*, acte IV, scène III, derniers vers ;

> Ainsi de nos grandeurs la *Fortune* se joue,
> Et sans qu'Alcide même ait pu clouer sa *Roue* :

et depuis dans les *Captifs*, comédie jouée en 1638, acte II, scène VI :

> C'est ainsi que de nous la *Fortune* se joue,
> Et qu'on vient du plus haut au plus bas de sa *Roue*.

Cythère (Paris, P. Didot. vers 1800), *très-gr.-in-4°*, pap. velin avec 20 belles gravures. — C'est une reproduction des gravures à l'eau forte, dont j'ai parlé ci devant, pag. 6, mais qui ont été regravées et terminées au burin par Coiny. Le texte explicatif est dû à feu Crozé Magnan, un des collaborateurs de Robillard Péronville, au Musée Français (1). Je dois avertir que l'éditeur s'est étrangement fourvoyé dans son explication de la planche xix dans laquelle il s'est imaginé voir Pandore et les Dieux, il en aurait donné la vraie, s'il avait consulté Ovide (*Fastes*, *liv.* ii, *vers* 335-352), qui raconte la déconvenue de Faune voulant surprendre les faveurs d'Omphale couchée avec Hercule. mais

Racine imita aussi ces vers dans la scène VI de l'acte V de *Britannicus*. supprimée ensuite par lui :

> Il est mort. Tôt ou tard il faut qu'on vous l'avoue.
> Ainsi de nos desseins la *Fortune* se joue.

Regnard les a aussi imités dans *Le Légataire Universel* :

> Avec quelle constance, au branle de sa *Roue*,
> La *Fortune* ennemie et me berce et me joue !

Une autre imitation a été faite par Destouches. dans sa comédie de *L'Homme Singulier*. acte II. scène V :

> Comme du genre humain la *Fortune* se joue.
> Elle a mis vos aïeux au plus haut de sa *Roue*.

J'en vois encore un autre dans *Asba*, tragédie de Brueys. acte V, scène dernière :

> J'en voulois à ce prince, à présent je l'avoue.
> Ainsi de nos projets la *Fortune* se joue.

Mais j'observe que Jean Godard avait dit, bien antérieurement, dans sa tragédie de *La Franciade*, imprimée en 1594. acte IV scène III :

> *Fortune* qui te rit, auecque toy se joue
> Et te fait prendre place au plus haut de sa *Roue*.

(1) Musée Français. ou Collection complète de Tableaux, Statues et Bas-Reliefs qui composent la collection nationale, avec l'explication etc., (par S. C. Magnan, Visconti et Emeric David.) *Paris.* 1803-1811. 4 *vol. in-fol. max.*

qui, abusé par la peau de lion dont elle s'était enveloppée, se retire précipitamment et va malencontreusement s'adresser à Hercule, sur qui la belle avait jeté ses ajustemens. Hercule, s'éveillant en sursaut, repousse vivement l'aune qu'il fait rouler à bas du lit.

Le même éditeur a fait encore erreur, page 3 de sa Préface, en confondant le Dialogue *la Puttana errante*, attribué à l'Arétin, avec le poëme sous le même intitulé, que l'Arétin lui-même, déclare être l'œuvre de Lor. Veniero, son élève.

Marseille. — Typ. et Lith. Barlatier-Feissat et Demonchy, place Royale, 7 4.